오래 보아야 사랑스럽다

오래 보아야 사랑스럽다

초판 1쇄 발행 2023년 4월 14일
초판 2쇄 발행 2024년 10월 30일

지은이 나태주
엮은이 김예원
책임편집 하진수
디자인 그별
펴낸이 남기성

펴낸곳 주식회사 자화상
인쇄,제작 데이타링크
출판사등록 신고번호 제 2016-000312호
주소 경기도 고양시 덕양구 꽃마을로 34, 1006호,1007호(향동동, DMC스타팰리스)
대표전화 (070) 7555-9653
이메일 sung0278@naver.com

ISBN 979-11-91200-74-4 02810

오래 보아야 사랑스럽다

나태주 지음 김예원 엮음

자화상

또닥또닥 다정한 빗소리
그리고 따스한 시 한 편

매일매일 반복되는 일상 속에서도 나는 늘 재미있고 새로운 것을 찾아 나선다. 주말에 무언가 즐거운 일이 나를 기다리고 있으면 평일의 사소한 고달픔 쯤은 가볍게 넘겨버릴 수 있다. 꼭 특별한 것이 아니더라도 잘 만들어진 독립 영화 한 편, 좋아하는 가수의 콘서트 티켓 한 장이면 일주일이 즐겁고 빠르게 흘러간다. 되풀이되는 일상은 내게 분명 안정감을 주지만 동시에 나를 메마르게 하기에, 툭 부러지기 전에 새로움을 공급해주어야 한다.

어느 순간부터 주말을 기다리는 마음만으로 버틸 수 없어진 나는 매일 내게 즐거움을 줄 수 있는 것을 찾아 나섰고, 마침내 답을 찾았다. 그것은 바로 꽤 오랜 시간 나와 함께해온 시집이었다. 어느덧 나만의 아침 시간을 가진 지 벌써 2년 가까이 되었다. 아침 여섯 시에 일어나 여유 시간을 만들어 읽고 싶은 시집을 펼쳐 들고 꼭 삼십 분에서 한 시간씩 시를 읽는다. 집이든 차 안이든 여행지이든 장소는 상관없다. 특히 비 오는 날, 차 안에 앉아서 또닥또닥 떨어지는 다정한 빗소리를 들으며 글귀에 빠져들 때는 더할 나위 없이 행복하다. 책 속에서 나는 화자와 함께 여러 지역을 여행하고, 상상하고, 도전하고, 꿈을 키운다. 때론 평온하게, 때론 격렬하게 이른 아침을 보낼 수 있다는 것은 독자만의 특권이다.

이 책은 내가 뽑은 나태주 시인님의 시가 실린 미니 시집이다. 손바닥만 한 앙증맞은 크기가 시인님의 시와 무척 잘 어울린다. 시인님은 늘 내게 말씀하셨다. 작고 허술한 시이지만 독자들과 소통할 수 있고 그들을 치유할 수 있는 시를 쓰고 싶다고. 이 책에 실린 시는 그런 시인님의 선량하고 맑은 마음을 가장 잘 담아낸 시들이다. 이 책이 여러분의 아침 출근

길, 등굣길에 든든한 동행이 되었으면 좋겠다. 이 자그마한 책을 손에 쥐고 더없이 슬프고 외로워도 보고 행복해도 보시라. 그러는 사이 마음속엔 여유와 따뜻함이 쌓일 것이고 이는 끝내 우리의 하루를 충만하게 만들어줄 것이다.

김예원

/PART 1/ 오래 보아야 사랑스럽다

/PART 2/ 한 번밖에 없는 지구 여행

/PART 1/

오래 보아야 사랑스럽다

풀꽃

자세히 보아야
예쁘다

오래 보아야
사랑스럽다

너도 그렇다

내가 좋아하는 사람

내가 좋아하는 사람은
슬퍼할 일을 마땅히 슬퍼하고
괴로워할 일을 마땅히 괴로워하는 사람

남의 앞에 섰을 때
교만하지 않고
남의 뒤에 섰을 때
비굴하지 않은 사람

내가 좋아하는 사람은
미워할 것을 마땅히 미워하고
사랑할 것을 마땅히 사랑하는
그저 보통의 사람

최소한의 아버지

누군가의 아들
누군가의 형제
누군가의 친구
누군가의 이웃으로 살면서

직장인, 사회인,
가장 많이 마음을 주고 산 것은
시인

그러다 보니 작아질 대로
작아진 마음
최소한의 아버지
초라한 남편

미안해요 여보
미안하구나 얘들아
지나온 날을 돌아보며

고개 숙인다

할아버지 어린 시절 1

밤에 휘파람 불면 뱀이 나온단다
문지방 밟으면 엄마가 죽는단다
머리통 뒤로 손깍지 껴도 엄마가 죽는단다
또 생쌀을 먹어도 엄마가 죽는단다
옛이야기 너무 좋아하면 가난하게 산단다
너는 진다리 밑에서 주워 온 아이란다

할머니 말씀이 정말인 줄 알고
혼자서만 겁이 나고 걱정되었던
키 작은 남자아이
그것이 할아버지 어린 모습이었단다

산 책

백합꽃 향기 너무 진하여
대문이 절로 열렸네

눈물 난다

내가 초등학교 선생이라서
그런지 모르지만
가을 맑은 하늘에
고추잠자리 날고
수수 밭머리 서늘한 바람 불고
시골 초등학교 드넓은 운동장에
가을 햇볕 쏟아지는 것 보면
눈물 난다

아직도 철이 없는 소년을 못 면해
그런지 모르지만
스피커에서 노랫소리 나오고
노랫소리에 맞춰 시골 아이들
그것도 때 묻고 그을린 시골 아이들
운동회 연습하는 것 물끄러미 바라보고 있노라면
나도 모르게 왠지
눈물 난다

꿈속의 꿈

하루의 고달픈 일과를 접고
지금쯤 꿈나라에 가 있을 아이야
부디 꿈속에서 좋은 세상
만나기 바란다

보고 싶은 사람 보고
하고 싶은 일 하고
걱정 없이 웃고 춤추고
노래하기만 하렴
무거운 신발 벗고 맨발로
구름 위를 걷기도 하렴

우리들 세상의
하루하루 날들 또한 꿈
부디 편안한 잠자리
꿈을 꾸고 일어나
내일도 하루 꿈꾸는

세상을 살기 바란다

되고 싶은 사람

너는 커서 무엇이 될래?
무엇 하는 사람이 될 거니?
어른들은 나만 보면
귀찮게 물어요

엄마 아빠 아는 어른들은
더욱 그렇게 물어요
그럴 때마다 나는
대답을 못 해요

내가 되고 싶은 사람을
나는 아직 정하지 못했거든요
마땅히 되고 싶은 사람이
나에겐 아직 없기도 하구요

나는 혼자서 생각해봐요
내가 되고 싶은 사람은

어떤 사람일까?
나는 그냥 사람 같은 사람이

되고 싶어요
그냥 내가 되고 싶어요

섬

섬은 울고, 울고 있었을 거야
너무나 오래인 날
너무나 혼자였으니
외로워 외로워서
바다 위에 조그만 섬은
울고, 울고 말았을 거야

아니야 그건, 그건 아닐 거야
깜깜한 밤이 와도
반짝이는 별빛 찾아와
가슴을 밝혔으니
바다 위에 섬 같은 그대
혼자서도 웃었을 거야

시 노래

나 자다가 깨어
노래 들으며 울고 있어요

노래가 어쩜 이리도
맑고 좋아요?

아이 목소리로 다시 태어난
나의 어린 날

어쩜 노래가 이리도 맑고
깨끗한지요?

낡은 손

가을볕 비쳐보니
손이 많이 늙었다
오래 견딘 증거다

가을볕 비쳐보니
손이 많이 거칠다
올해 잘 산 표시다

이대로 좋다 내 손
초라한 대로 그냥
낡은 내 손이 좋다

그리움

가지 말라는데 가고 싶은 길이 있다
만나지 말자면서 만나고 싶은 사람이 있다
하지 말라면 더욱 해보고 싶은 일이 있다

그것이 인생이고 그리움
바로 너다

가볍게

모르는 것도 가볍게
처음 해보는 일도 가볍게
낯선 사람하고도 가볍게
낯선 곳을 찾을 때도 가볍게
익숙한 일은 더욱 가볍게
그렇게만 살 수 있다면
얼마나 좋았을까?

가을 햇살 앞에

고개를 숙여라
더욱 고개를 숙여라
손아귀에 쥐고 있는 것 있다면
그것부터 놓아라

스스로 편안해져라
너 자신을 쉬게 하고
위로하고 기꺼이 용서하라

지난여름은
또다시 싸움판
힘든 날들이었다

이제 방 안 깊숙이
밀고 들어오는 햇살
우리 마음도 따라서
고요해질 때

가을은, 가을 햇살은
우리에게 겸손을 가르치고
부드러움을 요구한다

그립다

쓸쓸한 사람 가을에
더욱 쓸쓸하다

맑은 눈빛 가을에
더욱 그윽하다

그대 안경알 너머
가을꽃 진 자리
무더기 무더기

문득 따뜻하고
부드러운 손길
그립다

풀꽃 3

기죽지 말고 살아봐
꽃 피워봐
참 좋아

꽃

아무렇게나 저절로
피는 꽃은 없다

누군가의 억울함과 슬픔과
기도가 쌓여 피는 꽃

그렇다면 산도 바다도
강물도

하늘과 땅의 억울함과 슬픔과
기도로 피어나는 꽃일 것이다

너라도 있어서

오늘까지만 슬퍼하고
내일은 슬퍼하지 말자
오늘까지만 괴로워하고
내일은 괴로워하지 말자

내가 나에게 주문을 걸어보고
내가 내 어깨를 쓰다듬으며
위로해본다

내일은 분명 좋은 해가 뜰 거야
좋은 바람이 불어줄 거야

나는 지금 서울의 한구석
어둑한 찻집의 한구석
젊은 아이들 떠드는 소리를 들으며
너를 생각하고 있는 중이다

이런 때 생각나는 이름 하나
너라도 있어서
얼마나 다행한 일이냐……

눈물 찬讚

하늘에 별이 있고
땅 위에 꽃이 있다면
인간의 영혼에는 눈물이 있지요

소망

오늘도 하던 일 마치지
못하고 잠이 든다
아니다 오늘도 하고 싶었던 일
다하지 못하고 잠이 든다

이다음 나 세상 떠나는 그 날에도
세상에서 하고 싶었던 일
다하지 못하는 섭섭함에
뒤돌아보며 뒤돌아보며
눈을 감게 될까?

하기는 오늘 다하지 못하고
잠드는 일, 그것이
내일 나의 소망이 되고
내가 세상에서 다하지 못하고
남기는 그 일이 또한
다른 사람의 소망이 됨을
나는 결코 모르지 않는다

늦은 가을

아무도 가르쳐주지 않고
아무도 동행해주지 않은 나의 인생

아무도 가르쳐주지 않은 것이
나의 가르침이었고

아무도 동행해주지 않은 것이
오히려 동행이 아니었을까

저만큼 가다가 돌아선 가을이
정색한 얼굴로 나에게 물었다

움직이며 시 쓰기

예전엔 방 안에 들어앉아
골똘히 생각하며 시를 썼는데
이제는 움직이며 시 쓰기

자전거 타고 가다가 멈춰서
천천히 길을 걸으며
버스 타고 가거나 기차 타고 가면서

시의 행간에 바람의 숨소리가 끼어들고
구름의 미소가 스며들고
나무의 출렁임이 기웃거린다

시가 훨씬 세상과 가까워졌다고
사람들하고도 친해졌다고

연필그림

검은색 속에
붉은색이 들어 있고
하얀색 속에
초록색이 숨 쉬고 있다고 믿는다

노란색도 하늘파랑
꽃자주 바다군청 새싹연두
모든 색깔이 숨어 있다고 생각한다

그래, 거기에 따뜻한 상상
머나먼 꿈이 있다
원시가 산다

여행 떠나는 아이에게

와, 드디어
친구랑 기차 타고
여행 떠나는구나

지금 너랑 함께
있는 그 사람이 너에겐
천사이고

네가 지금 가고 싶어 하는 곳
지금 네가 있는 그곳이
그대로 천국이란다

부디 잊지 말아라
오늘도 천사와 함께
천국에서 잘 살아라

미리 안녕

아침 일찍 일어나
사진을 찍으며
미리 이별의 인사를 해둔다
처음 본 나무에게
풀에게 꽃들에게
혹은 내가 모르는 사람들이 사는
집들에게
새소리에게 바람에게
처음 만났지만
이별의 인사를 해둔다
언제 또다시 오게 될지
언제 다시 보게 될지
오늘밤 하루 더 묵고 내일이면
떠나갈 이 나라의
모든 것에게
나에게 맨 처음
서양의 육체를 보여준 것들에게

미리 작별의 인사를 해둔다
내일이면 바빠서
인사를 하지 못할 거야
모든 나무와 바람에게

어린 벗에게 2

그렇게 너무 많이
안 예뻐도 된다

그렇게 꼭 잘하려고만
하지 않아도 된다

지금 모습 그대로 너는
충분히 예쁘고

가끔은 실수하고 서툴러도 너는
사랑스런 사람이란다

지금 그대로 너 자신을
아끼고 사랑해라

지금 모습 그대로 있어도
너는 가득하고 좋은 사람이란다

◦ 언제쯤 네가 실수가 더욱 진실이고 아름다울 수 있다는 것을 알게 될까?
실수도 너의 인생이고 서툰 것도 너의 인생이란 것을 부디 잊지 말아라.

별

별은 멀다. 별은 작게 보인다. 별은 차갑게 느껴진다. 그렇지만 별은 별이다. 멀리 있고 작게 보이고 차갑게 느껴진다 해서 별이 아닌 건 아니고 또 별이 없는 건 절대로 아니다.

별을 품어야 한다. 눈물 어린 눈으로라도 별을 바라보아야 한다. 남몰래 별을 가슴속에 품고 살아야 한다. 별이 작게 보이고 별이 차갑게 보이고 별이 멀리 있다 해서 별을 품지 않아서는 정말 안 된다.

누구나 자기의 별을 하나쯤은 마음속에 지니고 사는 것이 진정 아름다운 인생이고 멀리까지 씩씩하게 갈 수 있는 삶이다. 그렇지 않을 때 그 사람은 흘러가는 삶을 살 수밖에 없다. 남을 따라서 흉내 내는 삶을 살 수밖에 없다.

아들아, 네 삶의 일생일대 실수는 어려서부터 네가 너의 별을 갖지 않은것! 어쩌면 좋으냐. 내가 너에게 너의 별을 갖도록 안내해주지 못한 것부터가 잘못이었구나. 후회막급이다.

오직 너는

많은 사람 아니다
많은 사람 가운데
오직 너는 한 사람
우주 가운데서도
빛나는 하나의 별
꽃밭 가운데서도
하나뿐인 너의 꽃
너 자신을 살아라
너 자신을 빛내라

성공

나는 지금도 가고 있는 중이야
나는 지금도 두리번거리고 있는 중이야
내가 모르는 곳
내가 모르는 사람들 찾아서
지금도 가고 있는 중이야
다만 아는 건 누군가가 나를
기다리고 있다는 것
그 사람이 좋은 사람이라는 것만 알아
나는 지금도 서 있는 중이야
나는 지금도 다리가 아픈 중이야
그래도 좋아 왜냐면
나는 지금 내가 만나고 싶은 나를
만나러 가고 길이니까 말이야

오도카니

사람은 목숨을 걸고 하는 그 어떤 일이
있어야만 한다는 말을 누구에게선가 들은 적이 있다
그러지 않고서는 진정으로 성공하는 사람이기 어렵고
타인을 감동시키기 어렵다는
말을 들은 적이 있다

목숨을 걸고 하는 돈벌이
목숨을 걸고 하는 공부
목숨을 걸고 하는 운동 경기
목숨을 걸고 하는 연애…… 그리고 또 무엇 무엇

명색이 시인이라 그러면서
나는 한 번인들 목숨을 걸고
시를 써본 적이 있었던가?
밤중에 깨어 일어나 오도카니
불을 켜고 앉아 스스로에게 물어본 적이 있다

어머니의 축원

늙지 말고 가거라
어디든 가거라

고운 얼굴 눈부신 모습 치렁한 머리칼 그대로 바람에 날리며 햇빛에 반짝이며 강물 위를 걸어서 가거라 푸른 들판을 밟으며 가거라 모래밭 서걱이며 사막을 건너라 그래서 네가 되거라 네가 되고 싶은 오로지 네가 되거라 굳이 이곳으로 돌아오려고는 애쓰지는 말거라 그곳에서 씨를 뿌리며 너도 나무가 되거라 강물이 되거라 들판이 되거라

늙지 말고 가거라
청춘인 그대로 가거라

오늘의 꽃

웃어도 예쁘고
웃지 않아도 예쁘고
눈을 감아도 예쁘다
오늘은 네가 꽃이다

삶의 목표

날마다
이 세상 첫날처럼 마지막 날처럼

날마다
욕 안 얻어먹기와 밥 안 얻어먹기

날마다
요구하지 않기와 거절하지 않기

말로는 쉬운데
지키기는 참 어려운 일들이다

봄

봄이란 것이 과연
있기나 한 것일까?
아직은 겨울이지 싶을 때 봄이고
아직은 봄이겠지 싶을 때 여름인 봄
너무나 힘들게 더디게 왔다가
너무나 빠르게 허망하게
가버리는 봄
우리네 인생에도
봄이란 것이 있었을까?

하루의 시작

배가 아프다
어딘지 모르게 깊은 곳으로부터 아픔이 온다
더이상 누워 있을 수 없어 자리에서 일어난다
물을 끓여야지
따뜻한 물을 마시면 좋아질 거야
따뜻한 물 한 잔을 천천히 마신다
몸이 살아나고 아픔도 조금씩 사라진다
고맙습니다, 감사합니다
이렇게 하루를 시작해보는 거야
하루하루가 모여 한 달이 되고 일 년이 되고
일생이 되는 거야
이것은 일상
이것은 일생
감사한 마음으로 하루를 시작해본다

다 좋았다

저녁은 눈물겨워 좋았고
아침은 눈부셔서 좋았다

당신이 세상에 살아있는 한
그것은 내일도 그럴 것입니다

12월

더는 물러설 자리 없네

지금은 쥐었던 주먹을
풀어야만 할 때

너도 부디 너 자신을
용서해주기 바란다

공터

낙엽이 진다
저 높은 가지에서 낙엽이 내려온다
천천히 내려오면서 말을 한다

당신의 숨소리를 잊지 않겠어요
당신의 웃는 얼굴을 잊지 않겠어요
어느 날이던가 당신이 무슨 말인가를 하려다 말고
돌아서 가던 뒷모습
쓸쓸한 어깨를 잊지 않겠어요

아니에요
나를 잊지 말아주세요
내 이름을 잊지 말아주세요
나도 당신 이름 잊지 않을 거예요

누워서 생각했을 때

좋은 세상 뒤로하고 가는 것
예쁜 것 더 이상 못 보는 것
고운 소리 더 이상 못 듣는 것
그럴 수 없어 서러웠다

읽다 만 책 몇 페이지
마저 읽지 못하는 것
좋은 사람들 더 이상
만나지 못한다는 것
그 또한 아쉽고 안타까웠다

그 무엇보다도 세상으로부터
잊힌다는 것
깡그리 세상 사람들로부터
잊힐지도 모른다는 것
그것이 가장 두렵고 힘들었다

누워서 누워서
혼자 생각했을 때

묘비명

많이 보고 싶겠지만
조금만 참자

지구 떠나는 날

할 일을
다하지 못하고 갑니다

만나고 싶은 사람
다 만나지 못하고 갑니다

아닙니다
아닙니다

당신 사랑
다 받지 못하고 갑니다

행복 1

저녁 때
돌아갈 집이 있다는 것

힘들 때
마음속으로 생각할 사람 있다는 것

외로울 때
혼자서 부를 노래 있다는 것

행복 2

아니야 행복은
인생의 끝자락 어디에
숨어 있는 게 아니라
인생 그 자체에 있고
행복을 찾아가는 길
그 길 위에 이미 있다는 걸
너도 알겠지?

가다가 행복을
찾아가다가 언제든 끝이 나도
그 자체로서 행복해져야
그것이 정말로 행복이라는 걸
너도 이미 잘 알겠지?

오늘은 모처럼
맑게 개인 가을 하늘
너를 멀리 나는 또
보고 싶어 한단다

좋은 사람 하나면

일생을 돌이켜보면 몇 사람
참으로 정답고 아름다운 이름
내게 있었네
그 가운데서도 첫 번째 이름은
그대

그대 이름 가슴에
품고 살던 날들이 따스하고
가득하고 정답고 좋았네
꿈결 같았네

그대 이름 하나 생각하면
차가운 겨울날인데도
가슴이 저절로 따뜻해지네
문득 꽃이라도 피어난 듯
설레네

좋은 사람 하나면
겨울도 봄이란 말이
결코 허언이 아니네
오래 거기 평안하소서
그대 위해, 또 나를 위해서

너에게 고마워 2

너에게 고마워
나는 언제나 마음속으로
생각하고 그리워하는
사람이 없으면
살지 못하는 사람

지금은 네가 바로 그 사람이야
네 생각으로 하루하루를 살아
아니 하루하루를 견뎌

사람에겐 누구나
마음을 내려놓을 곳이 필요하고
마음을 맡길 사람이 있어야 하거든

네가 사는 곳이
내가 마음을 내려놓을 곳이고
멀리서 사는 네가 바로
마음을 맡길 사람이야

맡길 곳 없는 마음
맡아줘서 고마워
너에게 고마워

우리가 세상에 없는 날

여보, 아는 사람들 만나 끼니때가 되거든 밥이라도 자주 먹읍시다. 우리가 세상에 없는 날 사람들 우리더러 밥이라도 같이 먹어준 사람이라고 말할 수 있게.

여보, 우리가 가진 것 둘이 있다면 그중에 하나는 남에게 돌립시다.
우리가 세상에 없는 날 사람들 우리더러 자기가 가진 것 나눈 사람이라는 말이라도 할 수 있게.

여보, 무언가 하고 싶은 말 많은 사람들 만나거든 그 사람 말이라도 잘 들어줍시다. 우리가 세상에 없는 날 사람들 우리더러 남의 말 잘 들어준 사람이라는 말이라도 할 수 있게.

시간이 없어요. 우리에겐 시간이 많지 않아요. 하루하루가 최선의 날이고 순간순간이 그야말로 금쪽이에요.

고백

철없는 아이로 당신을 만나
아직도 철이 없는 아이인 것은
내게 당신이 있기 때문입니다

꿈꾸는 소년으로 당신을 만나
아직도 꿈꾸는 소년인 것은
내게 당신이 있기 때문입니다

구름 같은 사내로 당신을 만나
아직도 구름 같은 사내인 것은
내게 당신이 있기 때문입니다

당신에겐 이미 하나의 아들이 있고
하나의 딸이 있지만 당신은 더하여
나를 막내아들이라고 부릅니다

그리하여 당신이
세상에 없는 날 나 또한
세상에 없는 날입니다

바람이 부오

바람이 부오

이제 나뭇잎은
아무렇게나 떨어져
땅에 뒹구오

나뭇잎을 밟으면
바스락 소리가 나오

그대 내 마음을 밟아도
바스락 소리가 날는지……

참 새

참새야
내 손바닥에 앉아다오

네가 바란다면
내 손바닥은 잔디밭

네가 바란다면
내 손가락은 마른 나뭇가지

참말로 네가 바란다면
내 입술은 꽃잎, 잘 익은 까치밥

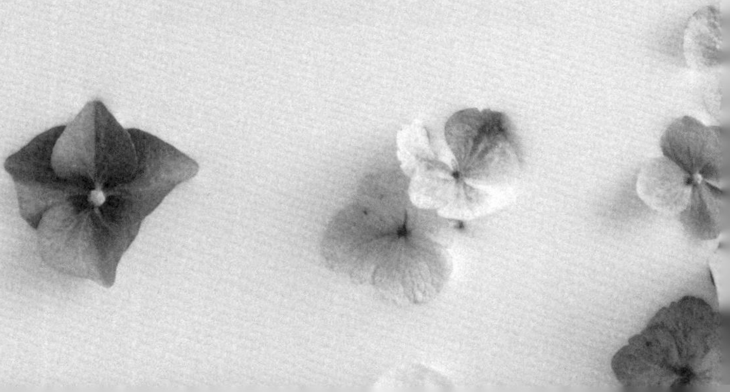

참새야
내 머리 위에 앉아다오

네가 바란다면
내 머리칼은 겨울 수풀, 아무도 모르는

잠시 만남

너 만나고
헤어진 게
마치 꿈만 같아

그러나
꿈이 아니어서
다행이지 뭐니

꿈이라면
두 번 다시
같은 꿈
꿀 수 없지만

꿈이 아니기에
다시 만날 수 있고
혼자 오래
생각할 수도 있으니 말야

미안해

일없이 얼굴 보고 싶고
일없이 목소리 듣고 싶고
일없이 이야기하고 싶고

금방 보았는데 또 보고 싶고
금방 전화 끊었는데 또 걸고 싶고

참 미안해
너에게 미안해
힘들게 해서 미안해

바람에게 묻는다

바람에게 묻는다
지금 그곳에는 여전히
꽃이 피었던가 달이 떴던가

바람에게 듣는다
내 그리운 사람 못 잊을 사람
아직도 나를 기다려
그곳에서 서성이고 있던가

내게 불러줬던 노래
아직도 혼자 부르며
울고 있던가

사랑에 답함

예쁘지 않은 것을 예쁘게
보아주는 것이 사랑이다

좋지 않은 것을 좋게
생각하는 것이 사랑이다

싫은 것도 잘 참아주면서
처음만 그런 것이 아니라

나중까지 아주 나중까지
그렇게 하는 것이 사랑이다

친구

처음 만났지만
오래 만난 것 같고

오래 만났지만
새로 만난 것 같은 사람

당신을 오늘 나는
친구라 부른다

외출에서 돌아와

사람들 많이 만나고
집에 돌아온 밤이면
언제고 한 가지쯤
언짢은 일 있게 마련이다

사알짝, 마음에 긁힌 자국

다른 사람들 내게 준
조그만 표정이며
석연찮은 한두 가지 말들
가시 되어 걸려 있을 때 있다

아니다 내가
다른 사람들에게 그렇게
하지 않았을까
더 언짢아질 때 더러 있다

3월에 오는 눈

눈이라도 3월에 오는 눈은
오면서 물이 되는 눈이다
어린 가지에
어린 뿌리에
눈물이 되어 젖는 눈이다
이제 너희들 차례야
잘 자라거라 잘 자라거라
물이 되며 속삭이는 눈이다

맑은 날

오늘 날이 맑아서
네가 올 줄 알았다
어려서 외갓집에 찾아가면
외할머니 오두막집 문 열고
나오시면서 하시던 말씀

오늘은 멀리서 찾아온
젊고도 어여쁜 너에게
되풀이 그 말을 들려준다
오늘 날이 맑아서
네가 올 줄 알았다

세 살

어진이는 만으로 세 살
말썽부리기 좋은 나이

이번 주말엔 할아버지네 집에 와서
세 가지나 일을 저질렀다

춤을 추다가 할머니가 아끼는
화분을 두 개나 엎질러 먹고

할아버지가 쓰는 지우개 달린
연필을 물어뜯어 망가뜨려놓았다

그래도 할머니는 야단치지 않는다
할아버지도 웃기만 한다

아기를 위하여 2

어느 날 엄마가 아기에게 야단을 쳤습니다
무언가 아기가 잘못한 일이 있었던가 봅니다
엄마는 열심히 말하고
열심히 나무라는데
아기는 너무 어려
엄마의 말을 알아듣지 못하고
엄마를 말똥말똥 쳐다봅니다
우리 엄마가 왜 갑자기 저러는 걸까?
아기는 엄마가 낯선 사람같이만 생각됩니다
여전히 아기는 엄마를 쳐다봅니다
그 눈에 가득 눈물이 고였습니다
엄마는 그때 깨닫습니다
아기가 잘못한 것이 아니라
자기가 잘못했다는 것을
아기가 사는 나라와 그 나라의 꿈과 생각을
오히려 엄마가 몰랐다는 것을

비로소 아기와 엄마의 마음이 하나가 됩니다

도 망

손을 들여다보면 볼수록
점점 내 손은 사라지고
아버지의 손이 거기 와 있다
어머니의 손도 와 있다

거울을 보면 볼수록
나날이 내 얼굴은 떠나가고
아버지의 얼굴이 나를 바라보고 있다
어머니의 얼굴도 나를 바라보고 있다

어려서 가끔은
도망치고 싶었던 얼굴들!
이제 더 이상 도망갈 수 없음을
안다

내 상

로마의 영웅 시저를 죽게 한 사람은 적군이 아니었다. 세상에서 가장 가까웠던 사람, 가장 아꼈던 사람, 자식같이 믿었던 사람 부르투스에 의해서였다. 부르투스가 칼을 들었을 때 시저는 그 칼을 거부하지 않았다. 아들 같은 사람의 칼을 맞고 시저는 고요히 숨을 거두었다. 부르투스가 자신의 분신이었기 때문이다. 이런 걸 내란이라 하고 내상이라고 부른다. 그 어떤 방법으로도 해결한 길이 없다. 보통 사람들도 일생을 두고 부르투스 같은 사람을 안 만들고 사는 것이 중요하다. 나는 대체 누구의 부르투스였으며 나에겐 또 누가 부르투스였을까? 나같이 졸렬한 인생을 산 사람도 아들딸들에게 존경받고 아내 되는 사람에게 신뢰받기가 그 어떠한 일보다 어려운 일이었음을 고백한다.

잘되었다

그가 그 길에서
망하기를 바라면서
잘되었다
말하는 사람

그가 정말 그 길에서
잘되기를 바라면서
잘되었다
말하는 사람

그가 그 길에서
자기의 일을 해주기를
바라면서
잘되었다
말하는 사람

정말로
어떤 잘되었다가
잘된 잘되었다인가?

꽃그늘

아이한테 물었다

이담에 나 죽으면
찾아와 울어줄 거지?

대답 대신 아이는
눈물 고인 두 눈을 보여주었다

쉬운 일

그건 쉬운 일이에요
내가 먼저 말하는 것이고
내가 먼저 웃는 일이에요

꽃한테 내가 먼저 말해보고
내가 먼저 웃어보세요
꽃들도 말을 해줄 것이고
웃어줄 거예요

하늘한테 그래보세요
하늘도 무언가 말을 해줄 것이고
벙글벙글 웃어줄 거예요
그건 쉬운 일 참 쉬운 일이에요

그리운 사막

왜 그리운지 모르겠다
왜 나이 들면서 자꾸만 사막이
그리운지 모르겠다
모래와 바람과 햇빛만 사는 곳
본래 내가 모래였고 바람이었고
한 줌의 햇빛이었을까

더러는 낙타가 지나고
외로운 짐승이 살고
징그러운 벌레들이 도사리며 사는 땅
내가 본래 낙타였고
외로운 그 어떤 짐승이었고
징그러운 벌레였을까

어려서는 노을빛 어우러진
파초 나무 그늘 아래
멀리 있다는 파촉, 인도쯤
모르는 그곳이 그리웠는데
나이 들면서는 자꾸만 사막이 그립다
찾아갈 자신도 없으면서
목마른 사막이 목마르게 그립다

눈썹달 가다

겨울이라도 첫눈 내리는 날
장갑 벗고 눈을 털며
찾아 들어가
차 한 잔 마시고 싶은 집

차라도 맑고 향기로운 차
풀잎이 제 몸을 우려
여린 봄빛인 차
청하지 않았음에도
주인은 가져다주는 집

만날 사람 없어 혼자인 날
도란도란 개울가
물소리까지 정다운 집
정지되어 오히려 마음 편한
시간을 만나러 가리

서가의 책들

저것들은 본래 내
호주머니 속의 용돈이었다

우리 아이들 과잣값이 되어야 하고
아내의 화장품값이 되어야 하고
음식값이 되었어야 할 돈들이
어찌어찌 바뀌어 저기에 와
앉아 있는 것이다

그렇다면 나한테 무슨 일이 일어났는가?
다만 아무런 일도 일어나지 않았고
우리는 이렇게 서로 모르는 사람처럼
멍하니 마주 보고 있을 따름인 것이다

선 물

나에게 이 세상은 하루하루가 선물입니다
아침에 일어나 만나는 밝은 햇빛이며 새소리,
맑은 바람이 우선 선물입니다

문득 푸르른 산 하나 마주했다면 그것도 선물이고
서럽게 서럽게 뱀 꼬리를 흔들며 사라지는
강물을 보았다면 그 또한 선물입니다

한낮의 햇살 받아 손바닥 뒤집는
잎사귀 넓은 키 큰 나무들도 선물이고
길 가다 발밑에 깔린 이름 없어 가여운
풀꽃들 하나하나도 선물입니다

무엇보다도 먼저 이 지구가 나에게 가장 큰 선물이고
지구에 와서 만난 당신,
당신이 우선적으로 가장 좋으신 선물입니다

저녁 하늘에 붉은 노을이 번진다 해도 부디
마음 아파하거나 너무 섭하게 생각지 마셔요
나도 또한 이제는 당신에게
좋은 선물이었으면 합니다

5월 아침

가지마다 돋아난
나뭇잎을 바라보고 있으려면
눈썹이 파랗게 물들 것만 같네요

빛나는 하늘을 바라보고 있으려면
금세 나의 가슴도
바다같이 호수같이
열릴 것만 같네요

돌덤불 사이 흐르는
시냇물 소리를 듣고 있으려면
내 마음도 병아리 떼같이
종알종알 노래할 것 같네요

봄비 맞고 새로 나온 나뭇잎을 만져보면
손끝에라도 금시
예쁜 나뭇잎이 하나
새파랗게 돋아날 것만 같네요

과 일

식탁 위에 과일들
바구니에 옹기종기
모여 있는 과일들
우리 집 가족들 같다

월요일

반짝이는 일곱 날 가운데서 하루
연둣빛 눈을 가진 첫날
창밖에 바람이 와서 문을 두드린다
할 말이 있어서 먼 데서부터 왔어요
꽃이 피어나기 시작했다니까요
들판에 초록 물감이 진하게 들어가고
강물도 새롭게 목소리 가다듬어 흐르기 시작했다니까요
샛노란 병아리를 사다가 마당에 풀어놓는 사람도 보았고
텃밭을 새롭게 일구는 많은 사람들을 보았어요
오면서 많은 말들을 잃어버렸나 봐요
반짝이는 일곱 날 가운데서도 하루
이만 일어나셔야 해요
지금은 밖으로 나오실 때예요
연둣빛 눈을 가진 첫날
바람이 창가에 와서 이야기하자고 조른다

첫눈

눈은 아무래도
비밀이 많은가 봐
밤에만 곱게 곱게
숨어서 오네

눈은 아무래도
수줍음이 많은가 봐
사람들 잠든 사이
몰래몰래 오네

그래도 오늘 아침
반가워요 기뻐요
2월인데도 올겨울
첫눈이었거든요

숲에 들다

날마다 바람이 와서 비밀한 이야기를 들려주고
새들도 비밀한 노래를 가르쳐주지만
나무는 아무에게도 비밀을 발설치 않고
가슴 속 깊이 감추어둔다

해마다 나무의 나이테가 늘고
위로만 곧게 자라는 까닭이 그것이다
봄이면 새싹이 나고 꽃이 피어나고
여름이면 녹음 우거져
잎이 지고 가을에 열매가 익는
까닭이 바로 그것이다

비밀이 지켜지는 한 여전히
숲은 아름답다
바람도 아름답고 새들도 아름답고
사라지는 개울물소리며 사람들까지도
숲속에서는 아름다울 수밖에 없다

시래기나물

겨울이라도 눈이
새하얗게 내린 아침
산토끼 고라니 배고파
마을로 내려오는 날

시래기나물 먹으니
외할머니 생각난다
고소한 들기름 냄새
구수한 푸성귀 냄새

그것은 오래된 부엌 냄세
찬장 냄새 살강 냄새
둥근 소나무 밥상 냄새
할머니 할머니 할머니

외할머니 산으로 가
눈맞고 계신 지 이미
여러 해 전의 일이다

따로국밥

따로국밥은 서민적인 음식
뚝배기 하나에 국물을 넣고 밥을 말아주던
시장국밥에서 조금쯤 여유를 부린 음식
밥 한 그릇 따로 국 한 그릇 따로여서 따로국밥

그렇지만 나에게는 서러운 음식
신혼 시절 외지에 나가 선생 할 때
따로국밥 두 그릇 값이 없어
국밥 냄새를 피하여 저녁 산책길
멀리멀리 국밥집을 피해서 걷던 발길

젊은 아내와 젊은 나의
비척이던 발길이 들어 있는 음식
밥집 멀리 돌아서 가던
서러운 저녁 그림자가 어른거리는 음식

오늘도 나는 그리운 마음으로
해거름 녘 어슬어슬 저녁 그림자 앞세워
따로국밥 한 그릇 혼자서 청해서 먹고
집으로 돌아가는 길이다

노부부

한 사람은 휠체어에 앉아
먼 산에 눈을 주고 있고
또 한 사람은 창 쪽으로 돌아앉아
얼굴의 화장을 고치고 있다

고요하다, 아침

친구

오후도 늦은 시각
혼자서 산에 간다면서
화장은 무슨 화장?

삭정가지에게 소나무에게
바람에게 보여주려고 그래요
그들이 내 좋은 친구거든요

나이 들어서도 도무지
철들지 못하는 아내가
문득 귀엽다

우체국행

힘든데 억지로 오려고
애쓰지마
내가 우체국 나가서
부쳐줄게
너처럼 조그맣지만
예쁜 것들
그냥 둥글고 어리고
말랑말랑하기만 한 것들

선물

공짜로 주고받는 그 무엇이다
좋은 것으로 새 것으로 주고받는 그 무엇이다
주고 나서는 이내 잊어버리지 않으면 안 된다
주고서 또 주고 싶어져야 한다
끝내 받은 것은 오래 잊지 말아야 한다

봄이다, 살아보자

안녕 안녕 봄입니다
날마다 봄이고
순간순간 봄입니다
그래서 우리네
인생 전체가
봄입니다

다만 그뿐이야

믿어봐 믿어줘봐 네 자신 안에 있는 너를 네가 먼저
믿어 줘봐
모든 일이 잘될 거야. 좋아질 거야
웃어봐, 웃어 줘봐. 너 자신 안에 있는 너에게 네가
먼저 웃어 줘봐
모든 일이 잘될 거야. 좋아질 거야
다른 사람들 뭐라든 무슨 상관이야. 뭘 어쩌겠다는
거야 도움이 안 돼
너는 너이고 그들은 그들일 뿐이야 상관없어
사랑해봐 사랑해 줘봐 네 자신 안에 있는 너를 네가
먼저 사랑해 줘봐
모든 일이 잘될 거야 좋아질 거야
그게 답이야 그것이 옳은 거야 그뿐이야
오늘은 날이 맑고 바람이 불어 멀리 떠나고 싶은 날
멀리 사는 얼굴 모르는 사람조차 보고 싶은 날
다만, 그뿐이야.

/PART 2/

한 번밖에 없는 지구 여행

괜찮아

괜찮아 서툴러도 괜찮아
서툰 것이 인생이란다
조금쯤 틀려도 괜찮아
조금씩 틀리는 것이 인생이란다
어찌 우리가 모든 걸
미리 알고 세상에 왔겠니!
아무런 준비도 없이
세상에 온 우리
아무런 연습도 없이
하루하루 사는 우리
경기하듯 연습을 하고
연습하듯 경기하란 말이 있단다
우리 그렇게 담담하게
하루하루 순간순간을 살자
틀려도 괜찮아
조금쯤 서툴러도 괜찮아

길을 잃을 때

사막에서나 숲속에서만
길을 잃는 것이 아니다
멀리, 오래 가다 보면
어떠한 인생에서도
길을 잃을 때가 있다

생각해보자
내내 믿고 따라온 길이 사라졌다?
아뜩, 당황스럽고
절망이 되기도 할 것이다
그런 때 어찌해야 할까?

저 스스로 길을 찾아야 하고
저 스스로 길이 되어야 한다
지금까지의 인생은 남의 인생이고
그때부터가 진짜 자기의 인생이다

그렇다면 길을 잃어버린 것은
결코 잘못된 것이 아니다
오히려 잘된 일이고 하나의
축복이고 감사다
겁먹지 마라

길을 가다가 길이 사라졌을 때
길을 잃었을 때 거기서부터가
너의 길이다
너의 삶이고 네가 만들어야 할 길
너의 길이다

변하는 세상에

세상은 변하지
변하기에 세상이지
자연도 변하고
사람도 변하고
물건도 변하지

변하지 않는 건
아무것도 없지
사람의 마음 또한 변하지
변하는 마음이기에
사람의 마음이고 또
살아 있는 마음이지

하지만 말야
변하는 세상에 가장
예쁘고 사랑스럽고 깨끗한
너를 알게 되어 기뻐
그러한 너를
사랑할 수 있어서 기뻐

변하는 세상
변하는 자연과 사물과 사람들
사람의 마음들
그 중심에 내가 너를 진정
좋아했던 마음이 있지

아무리 세상이 변하고
자연이 변하고 사람이 변하고
사물이 변하고
사람 마음마저 변해도
너를 사랑했던 마음은
그대로 변하지 않지
그 자리에 있지

가장 예쁘고 사랑스럽고
맑고도 깨끗한 너의 인생
그 인생과 함께한
나의 날들에게 감사해
너에게 더욱 감사해.

동 심

꽃은 나무나 풀에만
피는 것이라고 말했다
아이들은 아니라고 그랬다
사람도 꽃그림이 들어 있는
옷을 입으면
꽃이 피는 것이고
예쁜 여자아이
두 볼이 빨개지면
그것도 꽃이 된다고
그랬다
살아있는 것은
모두 움직인다고 일러줬다
그렇다면 바람과 물도
살아있나요?
살아있는 것은 숨을 쉬거나
무엇인가를 먹고 자란다고
일러줬다

그렇다면 구름과 불도
살아있나요?
아니라고 대답해줬지만
정말로 살아있는 것은
아이들 말대로
바람과 물과 구름과 불이 아닐까
아이들 모르게 혼자
중얼거려 보았다

세상을 사랑하는 법

세상의 모든 것은
바라보아주는 사람의 것이다
바라보는 사람이 주인이다
나아가 생각해주는 사람의 것이며
사랑해주는 사람의 것이다
어느 날 한 나무를 정하여 정성껏
그 나무를 바라보라
그러면 그 나무도 당신을 바라볼 것이며
점점 당신의 것이 될 것이다
아니다, 그 나무가 당신을
사랑해주기 시작할 것이다
더 넓게 눈을 열어 강물을 바라보라
산을 바라보고 들을 바라보라
나아가 그들을 가슴에 품어보라
그러면 그 모든 것이 당신의 것이 될 것이며
당신을 생각해주고
당신을 사랑해줄 것이다

오늘 저녁 어둠이 찾아오면
밤하늘의 별들을 우러러보라
나아가 하나의 별에게 눈을 모으고
오래 그 별을 생각해보고 그리워해보라
그러면 그 별도 당신을 바라보기 시작할 것이며
당신을 생각해줄 것이며
드디어 당신을 사랑해줄 것이다

다섯의 세상

세 돌이 채 되지 못한
우리 손자 어진이가
알고 있는 숫자 가운데
가장 큰 숫자는 다섯
손가락 다섯 개의
바로 그 다섯

얼마나 맛있느냐 물으면
손가락 다섯 개를 활짝 펴 보이고
얼마나 추웠느냐 물어도
손가락 다섯 개를
활짝 펴 보이며 웃는다

손가락 다섯 개로 표현되는 세상이여
아름다운지고 거룩한지고
욕심 없는 그 나라의 셈법이여

인생의 일

나에겐 시간이 많지 않다
그래도 서둘러서는 안 된다
시간이 많지 않기 때문에
더욱 조심히 말을 하고
더욱 정성껏 글을 쓰고
더욱 천천히 길을 걸어야 한다
사소한 것들에게 더욱
마음을 많이 주어야 한다
이것은 모순이 아닌 모순
모든 인생의 일들이 그런 것이다

고백

나 오늘 너를 만남으로
이 세상 가장 아름다운 사람을
만났다 말하리

온종일 나 너를 생각함으로
이 세상 가장 깨끗한 마음을
안았다 말하리

나 오늘 너를 사랑함으로
세상 전부를 사랑하고
세상 전부를 알았다 말하리

성공하고 행복해라

인생은 누구에게나
한 번밖에 없는 지구 여행이다
이다음에
지구를 떠날 때 자기의 지구 여행이
참 좋았다고 말할 수 있도록
힘써 잘 살아야 한다
그러기 위해선 끝까지 버텨야 한다
참아야 하고 포기하지 말아야 한다
자기를 충분히 사랑할 필요가 있다
자기 자신을 아끼고 사랑하는 사람은
무슨 일이든 열심히 하고
자기의 일이나 인생을 포기하지 않는다
함부로 하지 않는다
너 자신을 사랑하는 만큼
다른 사람을 또한 사랑하고 헤아려라
평온한 마음을 가져라
마음이 편해야 일이 잘된다

인생의 성공은 인생의 끝자락에만
있는 것이 아니고
가는 도중에도 있다
사는 날 하루하루가 성공이요
하루하루의 삶이 성공과 함께 가는 길이다
부디 성공하고 행복해라

그것은 실수

이번 생은 무언가 많이 잘못되고 꼬여
실패라고 말하고 다음 생은
꼭 잘 살아보겠다고 말하는 분들 계시군요
그러나 아차 그것은 실수입니다
잘못하는 생각입니다

이번 생이 있고 다음 생이
있는 게 아닙니다
정말 있다면 이번 생은
이번 생으로 한 번뿐인 생이고
다음 생은 또 다음 생으로
한 번뿐인 생입니다

어떠한 생이든 최초의 생이고
마지막 생이고
오직 유일무이한 한 번뿐인
생이란 이야깁니다
아차 그것은 속임수입니다

속지 마십시오
속이지 마십시오
자신을 달래지 마십시오
아무리 조금 남은 인생일지라도
그것은 소중하고 아름다운 인생이며
진저리치도록 감사한 인생입니다

유리조각

날카로운 유리 조각이
아이의 부드러운 발바닥을 찌른다
아이의 발바닥에서
피가 흐른다

이런 때 유리 조각은
흉기가 된다

깨어진 유리 조각에 눈부신
저녁 햇빛이 떨어진다
유리 조각이 햇빛에 반짝인다

이런 때 유리 조각은
보석이 된다

나는 지금 유리 조각을 줍는다
용기를 줍는다
아니, 보석을 줍는다

그 아이

겉으로 당신 당당하고 우뚝하지만
당신 안에 조그맣고 여리고 약한
아이 하나 살고 있어요

작은 일에도 흔들리고
작은 말에도 상처받는 아이
순하고도 여린 아이 하나 살고 있어요

그 아이 이슬 밭에 햇빛 부신 풀잎 같고
바람에 파들파들 떠는
오월의 새 나뭇잎 한 가지예요

올해도 부탁은 그 아이
잘 데리고 다니며
잘 살기 바래요

윽박지르지 말고
세상 한구석에 떼놓고 다니지 말고
더구나 슬픈 얘기 억울한 얘기
들려주어 그 아이 주눅 들게 하지 마세요

될수록 명랑하고 고운 얘기 밝은 얘기
도란도란 나누며 걸음도 자박자박
한 해의 끝날까지 가주기 바라요

초록빛 풀밭 위 고운 모래밭 위
통통통 뛰어가는 작은 새 발걸음
그렇게 가볍게 살아가주기 바라요

그럼에도 불구하고

지금 사람들 너나없이
살기 힘들다, 지쳤다, 고달프다,
심지어 화가 난다고까지 말을 한다

그렇지만 이 대목에서도
우리가 마땅히 기댈 말과
부탁할 마음은 '그럼에도 불구하고'

그럼에도 불구하고 우리는
밥을 먹어야 하고
잠을 자야 하고 일을 해야 하고

그럼에도 불구하고 우리는
아낌없이 사랑해야 하고
조금은 더 참아낼 줄 알아야 한다

무엇보다도 소망의 끈을
놓치지 말아야 한다
기다림의 까치발을 내리지 말아야 한다

그것이 날마다 아침이 오는 까닭이고
봄과 가을 사계절이 있는 까닭이고
어린것들이 우리와 함께하는 이유이다

실패한 당신을 위하여

화가 나시나요
오늘 하루 실패한 것 같아
자기 자신에게 화가 나시나요
그럴 수도 있지요
때로는 자기 자신이 밉고
싫어질 때도 있지요
그렇지만 너무 많이는
그러지 마시기 바라요
자기 자신을 미워하더라도
끝까지는 미워하지 마시기 바라요
생각해보면 모두가 다
당신 탓만은 아니에요
세상일이란 인간의 일이란
그 무엇 하나도 저절로
저 혼자만의 힘으로는
되지 않는다는 걸
당신도 잘 아시잖아요

여러 가지 일이 서로 만나고
엉켜서 그리된 거예요
실패한 날 화가 나더라도
내일까지는 아니에요
밤으로 쳐서 열두 시까지만
그렇게 하시기 바라요
내일은 새로운 날 새로 태어나는 날
내일은 당신도 새로운 사람이고
새로 태어나는 사람이에요
부디 그걸 잊지 마시기 바라요
내일 우리 웃는 얼굴로 만나요

저녁 해

저녁 해는 짧다
짧아서 아름답다
아름다워도 눈부시도록 아름답다

너의 저녁 해도 짧다
여전히 아름답지만
때로는 지쳐 있고 우울하다

나는 본다 너의 저녁해 아래
붉끈 솟아오르는 또 하나
검붉은 해가 숨어 있음을

한 시절 나에게도 그런
저녁 해가 있었다
그러나 나는 그것을 오래 알지 못했다

그러니 너는 알아야 한다
너의 저녁 해에는 너도 모르는
힘이 숨어 있다는 것을

그러니 너도 살아라
너의 저녁 해가 눈부시도록
서럽도록 눈부실 때까지 말이다

그리움도 능력이다

그리움도 능력이다
먼 것을 가까이 만나고
가까이 느끼고 드디어
그것과 하나가 되는 마음의 힘

부드러운 마음
넉넉한 마음이어야
그리움도 산다
그리움도 견딘다

그리움이야말로
젊음의 능력
나이 든 사람이라도
젊어지는 비밀의 통로

그리움이여 떠나지 말거라
그리움이여 늙지 말거라
졸지도 말고 게으르지도 말거라
항상 가까이 함께 있어다오

새 사 람

새해 새날입니다
어제 뜬 해 다시 뜨지만
새해 새날입니다

어찌 새해 새날입니까?
새 마음 새로운 생각이니
새해 새날입니다

삼백 예순 다섯 개
우리 앞에 펼쳐질
디딤돌이거나 징검다리

그 많은 날을
우리는 하나하나 정성으로
건너가야 합니다

그리하여 삼백 예순 다섯 날
모두 보낸 다음 스스로
말할 수 있어야 합니다

잘 했다 참 잘했다
그것으로 충분했다
후회가 없어야 합니다

새해 새날입니다
새로운 마음 새로운 생각
우리 모두 오늘은 새사람입니다

폭설 속에

참, 모처럼 폭설
누군가 억울하고도
분한 사연
통곡처럼 쏟아지는
눈, 눈

나뭇잎으로 날리고
나비 떼로 날면서
지우고 지우는 풍경
산이며 들이며 집이며
골목길이며

지우고 지운 나머지
더는 지우지 못한
새하얀 나라
거기에 오두막집 하나 짓는
나의 마음이여

오늘은 그 집에
너를 오라 하여
좋은 이야기 나누며 끝내
오래 같이 살고 싶어 한다

에움길

굽힐 수 없는 일을
굽히게 해주시니 감사합니다

기다릴 수 없는 일을
기다리게 해주시니 감사합니다

그나마 비굴하지 않게 하시니
더더욱 감사합니다

아, 저만큼 뚜벅뚜벅 앞서가는
한 사람 당신이 이미 있었군요!

오아시스

어이없어라
짐작하지도 못한 곳에
느닷없는 조그만 호수
아니면 커다란 우물

무너지고 부서지고
미끄러지는 모래 산
모래밭 그 어디쯤
철렁 하늘빛까지 담아서
목마른 생명을 기르는
비현실 풍경

우리네 인생에서도
그런 행운의 순간
놀라운 반전이
있었을까?

그것이 너한테
나였다면!
나한테 또한
너였다면!

눈 오는 날

눈은 수줍은 아이
눈은 마음이 순한 아이

밤에만 몰래몰래 내린다
소리 없이 내린다

밤에 내리다 만 눈이
낮에도 내린다

수줍게 내리는 눈
소리 없이 내리는 눈

어른들도 눈 오는 날엔
조금씩 수줍어지고 순해진다

코카서스

그 높고 위태로운
벼랑 위에서도
꽃은 피어 있었다

새빨간 저고리
갈아입은 꽃
길고 치렁한 생 머리칼
바람에 날리우는 꽃

이슬을 받아먹고
달빛을 받아 마시며
더욱 예쁘게 쓰러질 듯
고혹으로 울고 있었다

노을

방 안 가득
노래로 채우고
세상 가득
향기로 채우고
내가 찾아갔을 때는
이미 떠나버린 사람아
그 이름조차 거두어 간 사람아
서쪽 하늘가에
핏빛으로 뒷모습만
은은히 보여줄 줄이야.

창문을 연다

나는 지금 창문을 연다
창문을 열고
어두운 밤하늘의 별들을 본다

밤하늘에 빛나는 별들
그 가운데에서 제일로
예쁜 별 하나를 골라 나는
너의 별이라고 생각해본다

별과 함께 네가
내 마음속으로 들어온다
내 마음도 조금씩
밝아지기 시작한다

나는 이제 혼자라도
혼자가 아니다
우리는 멀리 헤어져 있어도
헤어져 있는 게 아니다

밤하늘 빛나는 별과 함께
너는 빛나는 별이다
너의 별을 따라 나도 또한
빛나는 별이다

해국

봄 여름 내내
벌받는 아이처럼
풀숲에 숨죽여 있다가
가을도 깊어
늦은 가을 되어서야
내가 여기 있었어요
새촘한 얼굴
보랏빛 갸름한 얼굴을 들고
알은체하는
가을 아이
반갑구나 고맙구나
올해도 너를 만나서

가을 명령

가을 햇빛은 우리에게
명령한다
화해하라
내려놓으라
무엇보다도 먼저
겸허해지라

가을바람은 또 우리에게
명령한다
용서하라
부드러워지라
손잡고 그리고
멀리 떠나라

사랑

너 많이 예쁘거라
오래오래 웃고 있거라

우선은 너를 위해서
그다음은 나를 위해서
세상을 위해서

너처럼 예쁜 세상
네가 웃고 있는 세상은
얼마나 좋은 세상이겠니!

하물며

나에겐 시간이 많지 않다
세상에 내가 남아 있을 날이
그리 많지 않다는 말이다

그래도 사람들이 나에게
시간을 달라 그러면
서슴없이 준다

하물며 너에게서랴!
네가 나에게 시간을 달라면
언제든지 아낌없이 주리라

나의 시간보다 네가
나에겐 더 소중한 사람이니까

9월에 만나요

봄은 올까요?
추운 겨울을 이기고
우리 마을에도
분명 봄은 찾아올까요?
그렇게 묻던 시절이
있었습니다

이제 다시 우리는
이렇게 묻습니다
가을은 올까요?
우리 마을에도
사나운 여름을 이기고
가을은 분명 찾아올까요?

옵니다 분명
가을은 옵니다
9월은 벌써 가을의 문턱
9월은 치유와 안식의 계절

우리 9월에 만나요
만나서 우리 서로 그동안
힘들었다고 고생했다고
잘 참아줘서 고맙다고
서로의 이마를 쓰다듬어주며
인사를 해요

여름에 핏발선 눈을 씻고
말갛고 말간 눈빛으로 만나요
그날 그대의 입술이 봉숭아 빛
더욱 붉고 예뻤으면 좋겠습니다

좋은 때

지금이 네 인생에서
가장 좋은 때
그런데 너만 그걸 모르지
그럴 거야
정작 좋은 때는
그게 좋은 때인 줄
몰라서 좋은 때인 거야
사랑하는 사람 있으니 좋고
네 사랑 받아주는 사람 있으니
그 얼마나 좋아
더구나 너의 사랑
순결하니 좋고
너의 사랑 받아주는 사람
어리고 어리니 더욱 좋은 일
의심하지 말아라
더 좋은 사랑 꿈꾸지 말아라
너는 새로 솟아나는

풀잎이거나
새로 피어나는 꽃잎이거나
아침 상쾌한 하늘
높이높이 솟구치는 새들의 날개
그같은 생명, 생명들의 어울림
의심하지 말아라
더 좋은 때를 바라지 말아라
이만큼 보기에도 더없이
네가 좋아 보인다

아이에게

나의 세상 문 닫을 때
내 눈앞에 네 얼굴이
보였으면 좋겠어
네 얼굴 뒤로는 눈부신
별빛의 폭포
별빛 뒤로는 끝없는 들판
그리고는 기나긴 강물,
강물이 있었으면
더욱 좋겠어
이제는 더 생각하지 않아도 좋겠고
잊어도 좋고
눈을 감아도 좋으리

설중매

아직은 이른 봄날
쌀쌀한 바람 속에
뜰로 내려 매화나무
두 손 들고 벌을 받으며
겨울의 강물을 건넌
매화나무 가지에 손을 얹는다

매화나무 가지가 부르르 떤다
아무래도 매화나무가 오래
나를 기다렸나 보다
마음속으로 나를
사랑하기도 했나 보다

며칠 뒤 눈발 속에
매화꽃이 한두 송이 입을 벌렸다

분명한 말

떠날 때 그냥 떠나기 없다고
말한 사람이 있었다

그래도 떠날 때는 어차피
아무 말도 하지 못하고
떠나겠지

떠남보다 더 분명한
말이 어디 있겠는가

공방

비라도 이슬비
봄비 내리는 날
혼자서 그릇을 빚는 도공

도공의 슬픔을
한 모금씩 받아 마시며
그릇으로 몸을 바꾸는 흙

오늘 같은 날은
나의 슬픔이 내가 만드는
그릇에 스며들까 봐
걱정이 돼요

그 말을 듣고 또
창밖의 봄 나무들이 서둘러
꽃잎을 준비하고 있었다

사랑

우연히 내 안에
들어온 너, 처음엔
탁구공만 하더니

점점 자라서
나보다 더 커지고
지구만큼 자라버렸네

너를 안아본다
지구를 안아본다

이별 아이

꽃 피고 새가 우니
더욱 네가 보고 싶어진다

꽃 속에 네가 웃는
얼굴이 있고

바람 속에 너의 목소리
들었는가 싶어서

비는 마음

나 이적지
혼자의 힘만으로
혼자의 생각만으로
살아온 줄 알았는데
그것은 잘못이었네

먼 데서 가까운 데서
내가 아는 사람들
내가 이름 잊은 사람들
나를 위해 빌고 있었네
나의 삶
나의 생각 위해
빌고 있었네

뿐이랴……

하늘도 땅도

나무와 풀잎과 이슬과 바람도

나를 위해 좋은

이웃이 되어주었네

나도 이제 누군가

다른 사람 위해

비는 마음 가지고 싶네

그들의 잊어버린 이름이 되어

그들의 숨어 있는

이웃이 되어

유월에

말없이 바라
보아주시는 것만으로도 나는
행복합니다

때때로 옆에 와
서 주시는 것만으로도 나는
따뜻합니다

산에 들에 하이얀 무찔레꽃
울타리에 덩굴장미
어우러져 피어나는 유월에

그대 눈길에
스치는 것만으로도 나는
황홀합니다

그대 생각 가슴속에
안개 되어 피어오름만으로도
나는 이렇게 가득합니다

한 밤 중 에

한밤중에
까닭 없이
잠이 깨었다

우연히 방 안의
화분에 눈길이 갔다

바짝 말라 있는 화분

어, 너였구나
네가 목이 말라 나를
깨웠구나

바람이 붑니다

바람이 붑니다
창문이 덜컹댑니다
어느 먼 땅에서 누군가 또
나를 생각하나 봅니다

바람이 붑니다
낙엽이 굴러갑니다
어느 먼 별에서 누군가 또
나를 슬퍼하나 봅니다

춥다는 것은 내가 아직도
숨 쉬고 있다는 증거
외롭다는 것은 앞으로도 내가
혼자가 아닐 거라는 약속

바람이 붑니다
창문에 불이 켜집니다

어느 먼 하늘 밖에서 누군가 한 사람
나를 위해 기도를 챙기고 있나 봅니다

가을이 와

가을이 와 나뭇잎 떨어지면
나무 아래 나는
낙엽 부자

가을이 와 먹구름 몰리면
하늘 아래 나는
구름 부자

가을이 와 찬바람 불어오면
빈 들판에 나는
바람 부자

부러울 것 없네
가진 것 없어도
가난할 것 없네

내게 노래가 있다면

환한 햇빛만으로도
얼마나 고마우냐
푸른 신록만으로도
얼마나 나는 부자냐

내게 만약 웃음이 있다면
만나는 사람마다 한 줌씩
나누어주리

내게 만약 기쁨이 있다면
모르는 사람에게도 손 내밀어
악수를 청하리

참으로 내게 노래가 있다면
세상 모든 사람에게 몇 소절씩
나의 노래 들려주리

구름이여 꿈꾸는 구름이여 54

놓일 곳에 놓이게 하여 주옵소서
쓰여야 할 곳에 쓰이게 하여 주옵소서
뿌리 내려야 할 곳에 뿌리내리게 하여 주옵소서
그리하여
꽃 필 때를 알아 꽃 피우는 나무이게 하여 주옵소서

겨울나무

빈손으로 하늘의 무게를
받들고 싶다

빈몸으로 하늘의 마음을
배우고 싶다

벗은 다리 벗은 허리로
얼음밭에서 울고 싶다

난초여 난초여

여럿 두고 볼 때
그저 그런 풀이더니

혼자 두고 보니
높은 뜻과 맑은 슬픔
그 가슴에 지니고 사는
선비 중의 선비로세

난초여 난초여
난초 같은 한 사람이여
오늘도 나는 그대 그리워 운다

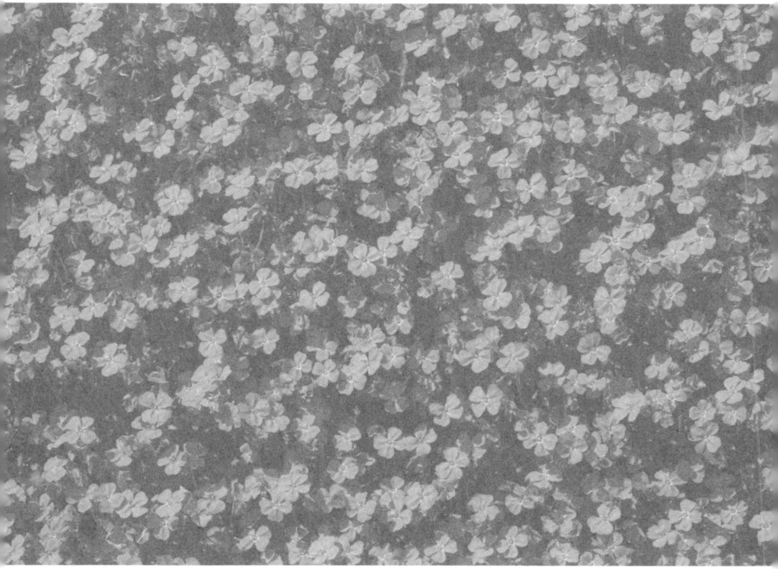

그대 지키는 나의 등불 13

우리가 죽으면 별이 되리라
세상에서 가난하고 슬프게 살았지만
아름다운 생각
사랑하는 마음
잃지 않고 살았으니
별이 되리라

너의 별은
너처럼 야무지게 입 다문
작은 별
나의 별은
너를 위해 수박등인 양
빛나는 떨기별

우리가 다시 태어나면 별이 되리라
세상에서 외롭고 춥게 살았지만
사랑하는 마음

아름다운 생각
잃지 않으려고 애쓰며 살았으니
별이 되리라

그대 지키는 나의 등불 22

사랑은 받는 것이 아니라
주는 것이요
사랑은 채우는 것이 아니라
비우는 것입니다
그리하여 스스로
낮아지고 충만해지는 것입니다

사랑이 주는 것이라면
좋은 것 새것으로 주되
끊임없이 주는 것이요
사랑이 비우는 것이라면
비우기는 비우되
깨끗하게 자취 없이 비우는 것입니다

그리하여 스스로
아름다워지고 완전해지는 것입니다

그대 지키는 나의 등불 26

비가 내리네
비가 내리네
겨울인 줄도 모르는 비

겨울비야
밤인 줄도 모르는 비
밤비야
마른 나뭇가지를 적시고
내 가슴을 적시고
너는 어디로 떠나는 거냐?
어느 불빛 그리워 울며 흐르는 거냐?
가다가 흐르다가
그 또한 새벽잠 깨어 우는
내 사람 만나거든
나도 새벽잠 깨어
잠 못 들고 있더라고 말해주렴
새벽잠 깨어

울고 있더라고 말해주렴
새벽인 줄도 모르는 비
새벽비야
잠들 줄도 모르는 비
바보비야

우후 雨後

비 갠 산에서 햇살이 목욕을 한다
햇살은 아기햇살 세 살배기 아기햇살
비 갠 숲에서 바람이 숨바꼭질한다
바람은 아기바람 다섯 살배기 아기바람

안개가 짙은들

안개가 짙은들 산까지 지울 수야
어둠이 깊은들 오는 아침까지 막을 수야
안개와 어둠 속을 꿰뚫는 물소리, 새소리,
비바람 설친들 피는 꽃까지 막을 수야

폭 설

무슨 할 말이 저리도 많았던 겔까?
무슨 슬픔이 그리도 쌓였던 겔까?
누군가 돌아앉아 펑펑 울음 쏟고 있는 사람,
비어가는 가슴이여 휘어지는 나뭇가지여

아름다운 사람

아름다운 사람
눈을 둘 곳이 없다
바라볼 수도 없고
그렇다고 아니 바라볼 수도 없고
그저 눈이
부시기만 한 사람

삶

하나를 얻으면
하나를 잃는다
어느 것을 잡고
어느 것을 놓을 것인가?
오늘도 그것은 나에게
풀기 힘든 문제

떠나와서

떠나와서 그리워지는
한 강물이 있습니다
헤어지고 나서 보고파지는
한 사람이 있습니다
미루나무 새 잎새 나와
바람에 손을 흔들던 봄의 강가
눈물 반짝임으로 저물어가는
여름날 저녁의 물비늘
혹은 겨울 안개 속에 해 떠오르고
서걱대는 갈대숲 기슭에
벗은 발로 헤엄치는 겨울 철새들
헤어지고 나서 보고파지는
한 사람이 있습니다
떠나와서 그리워지는
한 강물이 있습니다

일년초

도심의 좁은 골목
허름한 나무상자에 심겨
꽃을 피운 일년초를 보면
나는 문득
그 꽃을 심어 가꾼
꽃의 주인을 만나보고 싶어집니다
아니, 꽃의 주인의 마음과
마주 서고 싶어집니다
봉숭아, 분꽃, 사루비아, 왕관초……
하잘것없는 풀꽃이나마
소중히 알고 다독거리며
살아갈 줄 아는 사람들
봄부터 꽃씨를 심어 가꾸고 물을 주고
그리하여 가난한 대로 그윽한 가을을
맞이할 줄 아는 사람들
그들이야말로 얼마나
너그러운 사람들이겠습니까

요즘같이 마른 바람 먼지만 날리는 세상에
그들의 손길이야말로 얼마나
부드럽고 어진 손길이겠습니까
그들의 마음 쓰임이야말로 얼마나 또
따뜻한 마음이겠습니까

내일의 소망

아파도 참아
아파도 조금만 참아줘
조금만 참으면 분명
좋아질 거야

힘들어도 기다려
힘들어도 조금만 기다려줘
조금만 기다리면 분명
좋아질 거야

좋아지면
잘 참아준 너 자신이
고마울 거야
끝까지 기다려준 너 자신이
대견해질 거야

그래서 웃게 될 거야
웃고 있는 너를 보고 싶어
그것이 내가 내일을 발돋움하는
조그만 소망이란다

지은이 나태주

1945년 충남 서천에서 태어나 1963년 공주사범학교를 졸업했다. 1971년 〈서울신문〉 신춘문예 당선으로 시인이 되었다. 이후 시집, 시화집, 산문집, 동화집 등 문학 저서 150여 권을 출간했다. 초등학교 교직 43년, 공주문화원장 8년, 한국시인협회장 2년을 역임했다. 현재 공주시의 도움으로 '나태주풀꽃문학관' 설립·운영 중이다.